현대시세계 시인선 113

쥐며느리

박정선 시집

쥐며느리

박정선
시집

도서출판 북인

시인의 말

살아온 이야기들을 모아
첫 시집을 낼 수 있어서 다행입니다.
언제나 응원을 아낌없이 해주는 사랑하는 가족들과
시 공부 같이 하는 창문속 동지들께 감사드립니다.

삶에서 매일 필요치 않는 것들을 치우며
나만의 나이테로
나만의 무늬를 만들어 가겠습니다.

2020년 4월

차례

2부 숨바꼭질

3부 혼자서, 한라봉

1부

엄마표 스텐다라이

가지치기

담장을 넘겨봐선 안 돼
키 작은 주인에게 와서 쑥쑥 자라준 네 탓이야
일 년을 기다려온 꽃눈 보여줘도 소용없어
이것 잘라내면
저것 눈에 거슬려
인간사 진즉 그렇게 정리했더라면
빚보증 빨간딱지로 길거리 나앉지 않았을 것을
유독 너에게만 야멸차게 싹뚝싹뚝

다 정리했다 내다보니
콩나물 시루걸이 몽둥이 두 개
하늘 향해 솟았다

엄마표 스텐다라이

시렁 위 차곡차곡 포개진 스텐다라이
시댁에서 제금날 때
고무다라이가 웬 말이냐 고운 새 살림
똬리 없이 이고 오시던 모습
때가 끼면 수세미로 박박 문질러
새것처럼 쓰라던 친정엄마

삼십여 년 따라다니며

떡쌀 불리고
김치 버무리고
인간사도 주무르고
모두 안은 엄마표 스텐다라이

패대기쳐 버리고 싶던 순간순간들
섬광 속에 찍힌 사진처럼
가슴 깊이 인화되어 움직이지 않던 한마디
이 또한 지나가리라

그래
다라이에 비친 얼굴
거울 되어 반짝 불이 켜진다

너는 누구냐?

연탄

손 없는 날 삼월 그믐

수국 꽃잎처럼 몽글거리던 우윳빛 꿈
턱! 하니 나타난 연탄 한 장
애비 복 없으니 날씨 부조 받으라던 덕담 무색한
비바람 치던 그믐치레

어깨를 감싸안으며 위로받을 것 같았던 노곤한 안도감
언 손 녹여주고픈 따끈한 아랫목
어둠과 노을빛이 그물코 뜨기 하며 만들어내는 저녁 어스름
마음이 되직한 크림이라면 주걱으로 깊게 휘저어
얇은 미농지처럼 골고루 펼칠 것을

용서한 줄 알았던 가슴
다시 생채기 되어 피딱지가 앉는다

아무도 생각하지 못했던 선을 넘으며
아무도 생각하지 못했던 선문답 하나
제 몸이라도 덥혀 겨울을 건너가야 한다
죽을 용기로 살라고

용기가 죽을 힘만큼만 남았다던
죽을 수밖에 없는 꽉 막힌 어둠을 알지, 알고 말고

처음이자 마지막으로 나를 태운다
마지막을 처음처럼 나를 불사른다
연탄

오동나무 꽃

봄이 흐드러졌습니다
보라색 오동나무 꽃이
지난해처럼 또 피었습니다

마당에 오동나무를 심으셨던 아버지
그 오동나무를 켜서 장롱 만들어
두 딸 시집보내고 싶다던 내 아버지

봄이 또 왔건만
아버지의 작은딸은
바스러지는 머리카락을 어찌하지 못하고

동자승처럼 깎은 머리를 쓱쓱 문지릅니다
그 미소 너무 슬퍼
내 가슴에 아린 빛깔로 꽃이 집니다

살아만 있어다오
제발 살아만 있어다오
너와 같이 눈 맞추고
네 아들, 내 아들 커가는 모습

우리 같이 지켜볼 수만 있게 해다오

올해도 오동나무 꽃이
가슴에 피멍처럼 보랏빛으로 피었습니다
아버지
당신이 몹시도 그립고 그리운
봄날이 저물고 있습니다

제비꽃

눈에 넣어도 아프지 않아
쳐다보기에도 아까운 작고 작은 너

네 계절을 올린 어깨
관통하고 지나간 겨울 속 침묵
안쓰러워라
안쓰러워라
초록빛 피어난 널 보기 위해
무릎 부딪치며 기다리는 조바심
햇살에 고개 들어
한 송이 꽃으로 피어난다 하여도
칼날 같은 흉통 견뎌내야 해

괜찮냐고 물었을 때
괜찮다고 대답할 만큼
괜찮았으면 좋겠어

넌 내게
심장 속 재봉틀 바늘처럼 남아 있는 늘 아픈 손가락
작은 새 부둥깃 안듯 너를 안는다

배추

대한大寒이 소한小寒에게 놀러왔다 얼어죽었단다
고추 당추 맵다 해도 시집살이 더 맵더라

소한 지난 십이리 장날
해남에서 왔다는 포기배추
밭에서 갓 캐온 것처럼 시퍼렇게 펄펄 살아 있다
배추에 간수 뺀 뽀얀 소금 팍팍 뿌린다

서슬 퍼런 기氣 죽어라

김장김치 맵다고 타박하는 시어머니 위해
백김치 물김치 다시 하는 늦은 김장
애증으로 다 말할 수 없는 고부姑婦
에둘러 외면하고픈 물기어린 목소리

내 감당할 무게만큼 가벼워지려 애쓰고 있다

치자梔子, 그렇다고 치자

팔순 훌쩍 넘긴 노모
허리 수술 앞두고 입원하는 날
배틀배틀 말려놓은 기다란 무
쌀겨와 버무려 물들인다고 찾으시는 치자梔子

치자 빛 품은 단무지 되었다고 살았는데
주머니 송곳 튀어나오듯
누구를 향한 원망인지 모르는 서러움
장마철 폭포처럼 쏟아진다
풍랑 없이도 가슴은 출렁이고
머릿속 아무런 문장 남아 있지 않아도
가지런해지지 않는 가슴
소리지르다가
소리지르다가
허적허적 내려오는 산길

바다에 떠 있어야만 섬은 아니다
모두에게 둘러싸여도
말 한마디 건넬 수 없다면 나 홀로 섬
뱃속 창자 모세혈관 피 한 방울 쥐어짤 때까지

폭풍 땡볕 지나고 나면
이제 다 내려놓고
내가 네가 되고 네가 내가 되듯
초록에서 진홍빛 띤 치자梔子 된다고 치자

꼼짝할 수 없다는 등뼈에 콕콕 박힌 통증
가지런히 손질된 어머니 겨울 텃밭
뾰족뾰족 올라온 쭉쭉 뻗은 마늘 새싹
어머니 허리도 언제 다시 저렇게 펴지려나

낙수정 꾀꼬리

대자인병원 8층 601호실
바스라질 것 같은 가랑잎처럼 그녀가 누워 있다

낙수정 동네방네 인물났네
성황리에 동남아 순회공연을 떠나고픈 밤무대 카수 아들
이미자 꾀꼬리를 위해 시작한 독무대 공연
진자리 마른자리
섶을 지고 불로 뛰어들던 모정
수박덩이 들고 지나가는 사람이 우리 집 손님으로 오길 바라고
맹물 부은 솥단지 아궁이에 불 지피며
가슴으로 가득 들어오던 빗소리 바람소리
세상 귀찮은 듯 눈감고 있는 그녀

꺾을 때 안면근육에 힘을 주고
내릴 때 살포시 풀어주고
비트를 쪼개어주면 비브라토가 됩니다
목에 힘을 주면 쇳소리가 나오지
아랫배에 힘을 주고 토해내면 복식호흡
마찬가지야 사는 것도

아리셉트와 글리아타민으로 더욱 또렷해지는 생각들
보고 싶었다고
늘 보고 싶다고 그리움 말하고 싶지만
에둘러 기운 없다고 한숨처럼 토해놓고
그녀 어깨가 들썩이며 포르티시모 포르티시시모

기운이 없어
다만 눈 뜰 기운이 없을 뿐이야

단독질주

늘 언제나 혼자여야 한다

지구 한 바퀴 4만㎞
그가 가장 빠르게 100m를 뛰기 위해 지구를 몇 바퀴나 돌았을까
가장 빠른 인간 총알 우사인 볼트
하늘을 찌르는 번개 세레머니를 보는 자메이카 국민들
손기정 선수를 보는 우리 마음과 같았겠지

버킷리스트 촘촘히 살아가는 삶
마추픽추 사진 한 장
면도날도 드나들 틈 없이 정교하게 돌을 쌓던 잉카인들
El Condor Pasa
안데스 산맥에 철새들이 날아가고 있겠지
외삼촌이 가고 싶다던 마추픽추
조카가 먼저 비행기에 오른다

약지 손가락에 관절염이 왔다
관절마디가 변형을 일으키며
지나가는 무심한 바람에도 콕콕 박히는 통증

나를 제치고 가는 일은 용서할 수 있으나
내가 제치고 가는 일은 불안하게 가슴 뛰는 일
혼자 앉은 밥상에서도 쩝쩝 밥 먹을 수 있다면
뜨겁게 울어줄 수 있다 끌어안고

그러함에도 불구하고
바닥을 천천히 기어가는 굼벵이도 기다려주니 얼마나 인간다워
설사 낙타가 바늘구멍 들어가는 만큼 베푼 적선일지라도
혼자여야만 한다
지금처럼 늘

더덕 껍질 벗기기

집안에 앉아 호젓한 산속을 걷는 것 같았지

처음엔 휘파람 소리가 날 것 같았어
오롯이 나만을 위해 요리를 한 적이 있었던가 생각이 드는 순간
눈물을 참느라 눈알이 튀어나올 뻔했어
어릴 적 들판 길에 나만 따라다니던 해처럼
달라붙어 끈적한 진액
손가락에 칼에 도마에 칠갑을 했더라고

뇌두를 잘라내고
가로로 살살 달래가며 껍질을 벗겨
반 잘라 도마에 놓고 칼등으로 잘근잘근 두드려
고추장 간장 고춧가루 마늘 올리고당 섞어 더덕에 고루 발라줘
프라이팬에 기름 살짝 두르고 앞뒤 노릇하게 지져주면
달고 쫀득하고 쌉싸름한 더덕구이
뽕나무 잎에서 오디 맛이 나듯
더덕구이에서 더덕꽃 향기가 피어난다

피보험자로 하는 보험계약 무배당 치아보험
청구하신 사고보험금 처리가 완료되었습니다

틀니 브릿지 임플란트 치아충전 크라운치료
악어이빨처럼 한번 물면 놓지 않는 악착스러움을 가졌다면
혼자서 울고 있지 않아도 될 텐데

초대한 적 없는 손님이 들이닥치면
억지로 웃던 볼 근육이 경련을 일으키려고 해
틀어진 척추측만증이 바로 잡히고
하지정맥류가 낫는다는 기능성 속옷
아, 산속에서 더덕향이랑 혼자서 살고 싶어

나를 잊히게 할 권리를 그대들에게 내리노라

디오니소스

밥 먹고 똥 싸고 코스닥지수 들여다보는 일들은
지나가는 개나 주어버려
휘파람 섞인 콧노래가 나오면
겨드랑이에서 날개가 나온다

언제나 오늘, 오늘만 있어
내일은 내일 해가 알아서 뜰 거야
수성 금성 지구 화성 목성 토성 천왕성 해왕성 명왕성
나를 위하여 지구는 돌아야 해

이분법적인 세상
내 편이 되어줄 사람
내 편이 안 되어주는 사람
술 좋아하는 사람
술 싫어하는 사람
내가 태어나기도 전에 세상을 떠난
어머니 세멜레를 위하여
산달을 넓적다리에서 채워 세상을 보여준
아버지 제우스를 위하여
저주를 풀어 내 방랑을 끝내준

할머니 레아 여신을 위하여
흔들리며 길을 걸으면 갈지자 길이
나를 위해 반듯하게 펼쳐져야 하고
안약 넣은 눈이 흐릿해지면
눈물로 포장되어야 하고

찰나일지라도
겨자씨만큼 진실은 존재하니까

오늘 밤 낙동강변 마른풀 다 눕히겠어
이 세상 딱 한 사람이 내 편으로 돌아서는 그날까지
딸꾹딸꾹

딸기

해마다 봄이 되면 난 딸기앓이를 한다

엄마 얘기를 하려니 가슴이 먹먹하여 너하고 통화하려고
엄마?! 무슨 얘기?
응 딸기
딸기가 왜?
결혼을 해서 풍남동 시댁에 살고 있는데
봄날 해질녘에 초인종 소리가 나는 거야
그날 따라 막내시누이가 대문에 나갔다오더니
커다란 박스를 들고 오며
새언니 엄마가 딸기를 주고 가셨다고
보고 싶은 엄마
그냥 뛰어나갔더니
엄마는 뒤돌아보며 천천히 걷고 계신 거야
딸기 핑계로 딸 얼굴 한번 보려던 엄마 생각과 달리
사돈처녀가 딸기를 받아가니까 기운 빠지셨던 거지
달려나가 엄마를 부르는데 왜 눈물은 그렇게 쏟아지니
니가 울면 엄마 속상하다며
길가에서 엄마도 울고 나도 울고
왜 가까운 거리에 있는 친정에 다녀올 생각을 못했을까

그때 우리는 모두 그렇게 살았었어

바구니 가득 담긴 딸기 넘쳐나는 봄날이면
유난히 엄마가 더욱 생각나지
요즘은 딸, 딸을 둔 엄마를 딸기엄마라고 한다지
그럼 우리 엄마는 딸기엄마였네
자식 친구들이 찾아오면 밥 먹었냐며
언제든지 밥상을 차리던 우리 엄마
살아계실 적 사랑한다는 말 한마디 못해드렸는데
보고 싶다 우리 엄마
엄마 사랑합니다

올 봄에도 난 딸기앓이를 하고 있다

로망老妄과 로망Roman 사이

스위스에 가기로 했어

나를 잊어버리고 천진난만하게 산다는 것을
아기같이 순수하다고 표현하기도 하지
현실은 진흙 속에서 허우적거리는데
요양병원 침대 위에 누에고치처럼 누워
생 마감 시간을 기다린다는 것
절.대.로.
용.서.할 수 없어
삶의 질이 떨어진 날들
태풍 부는 날 밀가루 들고 바람 앞에 서 있는 것처럼
생각이 다 날아가버리고
지우개가 머릿속을 지워버리면
남은 기억으로 스위스를 갈 수 없잖아

내 로망은 노망에 의해 잊히기 전에
헐거워진 생각들과
이승에서 주어진 내 몫의 무게를 가지런히 정리하고
몽트뢰 레만 호수로 가서
하루는 나와 함께 보낸 이들을 회상하고

또 하루는 내 아는 모든 이가 행복하게 살아가기를 기원하며
취리히에 있는 디그니타스DIGNITAS로 갈 거야

오는 것은 의지대로 못하였지만
가는 것은 내 뜻대로 꼭 하고픈
우물쭈물하다가 그럴 줄 알았다고
노망이 오기 전에

스위스에 가기로 했어

무화과

땅과 친해지는 몸살 끝내고
잎맥 사이사이 하나씩 조랑조랑
꽃도 피지 않는 꿀 가득 쟁인 물방울 다이아
무화과나무 가지에 걸린 쌀뜨물
쌀뜨물에도 애가 생긴다고 했던가

우리 할머니 좋아하시던 무화과
작은집 언니들과 울 오빠만 예뻐하시고
우리 자매는 투명인간 취급하셨던 신중간申中間 씨
뜰 안 무화과 익으면 할머니 오실까봐
몰래 짓이겨버린 새벽녘
엄마한테 아프게 맞았던

뒤뜰 무화과나무
옆집 처마 밑에 자리잡은 콩새에게 내어주고
요령소리 요란한 무당거미 당사실 같은 거미줄에도
네가 많이 먹나
내가 많이 먹나
한 치도 물러서지 않는
안경 없은 도다리 눈동자

보이지 않는다고
꽃이 피지 않는다고 시비하드냐
어지럽게 날아오는 콩새
가지마다 까만 개미 줄 맞춰 올라오고
먼저 깃발 꽂으면 클레오파트라

늘 한발 늦은
에이
구구단이나 외워본다
6×3=18
너 언제까지 푸르게 있을지 두고볼 거다

문신

안마의자에 앉으면 전해져오는 필라멘트 떨림처럼
손끝에서 내려앉는 눈썹
참아야 하느니라
바스라지고 가늘어져 너덜거리던 낡은 코트 위에
댄디하게 날렵한 새 옷을 갈아입는데

목욕탕에 아버지를 따라간 아이
전신에 용무늬 문신한 스포츠머리에게
아저씨는 스케치북에 그림을 그리지
왜 등짝에 그림을 그렸냐? 고
다섯 살 적 일을 기억이나 할까

물속처럼 숨을 참으며
부레 없는 물고기처럼 앞으로만 날아갔다
숨을 쉴 수가 없어, 멈추면
차라리 물방울 되어 찰나 속 하늘이 되고
이제는 휘파람 잘 부는 사람을 만나기로 했다
멜로디에 머리카락이 미역처럼 흔들거리고
슬슬 지느러미가 돋아나려 할 때
뱉어낼 수 없어 그냥 삼키기로

이제는

새삼 모든 것이 귀찮아 같이 늙어가기로 했다

베드로 언덕

바티칸 언덕 베드로 성당 광장에서
뜬금없이 기억해낸 아버지
살아생전 단 한번도 가지 않았던 성당
엄마 종교 따라 처음이자 마지막으로 입문한
임종 세례명은 박 베드로

예고 없이 날아든 칼날이 아니었기에
담담했던 스무 살
실컷 울어보지도 못했었지

베드로 발을 만지며
사랑했었을까
사랑했었겠지
사랑했을거야

바티칸 언덕
베드로는 묻혀 있다 하고
백골이 진토되었을 박 베드로를
그리워하게 만드는 로마

그립다고 뱉으면
그리움이 너무 꽉 차올라
그 속에서 빠져나올 수 없을까봐

트레비 분수를 뒤에 두고 던진 동전
다시올수있을까
다시올수있겠지
다시올수있을거야

손톱을 깎는다는 것은

펌프가 있는 수돗가에서
아버지는 긴 가위로 우리 손톱을 바투 깎아주었다
가끔 손톱 밑 살점이 가위에 딸려나오면
손끝에 맺힌 핏방울보다 빠르게 맺히던 눈물
우리 남매 손톱을 잘라주던 젊은 날 아버지

측백나무 그늘 짙은 밤
손톱 먹은 고양이가
오빠와 내 팔뚝을 바꿔 달아주고
붉은 달이 뜨면 다시 바꿔준다고 했다
뇌출혈로 쓰러진 아버지
게으름을 피우면 손톱은 자라서 반달이 되기도 하고
손거스러미를 잡아먹고 더 두껍게 살이 찌기도 했다
붉은 달은 뜨지 않았고
보름달에 아버지는 고양이를 찾아나섰다

엄지손톱 사이에 눌리기 직전 팽팽함
수없이 손톱을 세우던 날들
그러함에도 불구하고
우리는 햅쌀을 먹고 오동통 살이 오르는 쌀벌레처럼 자라

화랑곡나방으로 청춘을 날아올랐다

보호하고 싶은 나
줄을 갈아 긴 손톱을 날카롭게 정리하기도 하고
백기를 들고 손톱까지도 다 내주며
나를 펴주기도 한다

쥐며느리

설거지 끝낸 명절날 아침
뽈뽈뽈 기어들어온 한 마리 쥐며느리
이가네 며느리와 쥐며느리가 허리쉼하다 만난 화장실
너는 누굴 피해 여기까지 왔느냐
어째 신세가 너랑 나랑 이렇게 같을꼬?

너도 낀세대냐
안쓰럽다 납작한 게 위아래 눌리어
부모에게는 효도해야 되고
자식에게는 베풀어야 하는 우리를
낀세대라고 한다 사람들은

시집 온 지 사십 년 다 되어도
개인주의 강한 70년대 동서들에게 밀리고
일 서툰 80년대 지영이들은 설거지에 관심도 없고
쭉 해왔던 대로 우리는
고무장갑 장착하여 일 속에서 벗어나기 힘들지

같은 성끼리 모여앉아 술상 앞에 앉으니
각성받이 사촌동서들까지 모여앉아

큰집 동서는 시금치도 안 먹는다고
시래기도 안 삶는다는 작은집 동서
그러함에도 나는 왜 시를 쓴다고 낑낑대고 있을까?

코골이

시끄러워 잠을 설쳤더니
온몸이 파김치처럼 곤죽이 되어 있다
고개를 모로 돌려 세워 자게 하려는 노력도
매번 허사로 돌아간다
코를 골지 말라고 하면
절대로 곤 적이 없다고 뚝 잡아뗀다
새벽까지 통술집 룸살롱 노래방 돌아다니며
술 마시랴 노래 부르랴
술 깨면 기억 하나 나지 않는 이야기에 핏대 세우느라
고단도 하겠지

부지런하셨던 친정엄마는 초저녁잠이 많았다
우리들이 얘기하며 깔깔대면
자던 눈을 뜨고 얘기를 다 듣고 있었다는 듯 같이 웃고는
텔레비전 크게 틀어놓고 살풋살풋 코까지 골면서
들어가 주무시라면 안 잤다고
채널을 이리저리 돌리곤 했었다
죽으면 평생 자는 거라더니
그곳에서 엄마는 푹 주무시고 계실까
엄마가 빠져나간 가슴에 뚫린 구멍은

언제나 메워질 수 있으려나

피아노 건반 위 시 음을 반음 올린 것처럼
카페인은 가슴 뛰게 하지만
하얗게 뜬눈으로 밤을 지새우게도 하지

오늘밤 국방부에서 탱크 한 대 몰고 올 것이다
그러함에도 꿋꿋하게 버티며 살고 있잖아
이를 안 가는 게 어디야

내가 나에게
오늘밤에도 잘 자라고 쓰담쓰담

해부서

묵념

간장 상태로 보아
평생 살얼음 위에 균형잡듯 살아
보통 성인 간 크기보다 반 정도에 미치지 않으며
조그만 일에도 심장과 함께 제 기능을 못했네요
이런 사람들 곁에는
간이 배 밖에 나온 사람들이 많지요
그들 비위를 맞추고 살다보면
쫓기듯 살아 간이 쪼그라든 것이 특징입니다
알로카시아 같은 예쁜 심장이
몬스테라처럼 갈래갈래 찢겨 있어요
찢겨진 잎 사이사이 무엇으로 채워넣었을지
밤새 눈물 흘리듯 혼자 이슬을 만드는 알로카시아
지구를 닮은 이슬이 여행길에 오르면
길 위에서 길을 잃기도 하지요
소풍처럼 왔던 길
그래도 웃으며 갈 수 있었던 것은
초인적인 힘으로
달관하며 사신 것 같아요

홀가분하게 가실 수 있도록 이만 들여다봅시다

삼가 고인의 명복을 빕니다

늦가을 치자나무

너, 한여름 따가운 햇살 받으며
바람개비처럼
세상을 안고 빙빙 돌더니
바람 끝 차가운 늦가을
네 가슴에 뜨거운 불덩이를 담았구나

네 흉통도 다 못 풀면서
뉘를 어루만져줄 수 있겠느냐
사랑 상처가 치자 떡으로 새살이 돋는다면
이별 정한이 치자차 한 잔으로 치료가 된다면
내 기꺼이 한 송이 선홍빛 치자로 살아도 좋으리

무채색 세상 속 나
네 붉은 빛으로 스며들어
네 사랑의 부름으로 온몸을 맡기며
네 곁에서
한평생 너와 함께 하늘을 품으리라

신문지

백열등 그림자 만들며 단정히 앉은 아버지
신문지를 자른다
네 귀퉁이 크기 맞추어 접은 종이
칼을 쓰윽 넣어 박자 맞추듯 쓱싹쓱싹
자른 종이 바닥에 탁탁 쳐서
송곳으로 동그라미 그리며 넓혀진 구멍
풀 먹인 철끈으로 꽉 묶는다

한 장씩만 쓰거라

변소간 벼랑빡에 걸려 있던
추억표 화장지
빤스에 묻어나던 검은색 활자들

능수 벚나무

나 돌아가서 한 그루 능수 벚나무 되리라
지리산 절집 품격 있는 능수 벚나무 되지 못하여도
연지못 무리 속에 서 있지 못하여도
홀로 서 있는 허허벌판
자리에 연연치 않고
기꺼이 다 안으며 능수 벚나무로 살아가리라

부르면 손 뻗어 반갑게 달려가고
내치면 그림자도 남기지 않고 멀어지며
혼자라 하여도
같이하며 느끼는 이승의 외로움에 비하리요
바람 불면 부는 대로
천둥 내리치면 내리치는 대로
봄날은 꽃잎으로
가을날 낙엽으로 달려가리다

천 년이 흘러도
지난 날 반추하며 처음 그 자리에서
부러지지 않고 흔들거리며
그렇게 살아내리라

2부

숨바꼭질

꽃놀이

십이리 삼동네 이웃 아지매들
낙원미용실 뽀글파마
염색약 양귀비로 흰머리 물들여 곱게 단장했다
찜통 가득 곰국 끓여놓고
비닐하우스 고추 모종 물주라 당부한다
귀 밑에 키미테 붙이고
보미롱 비닐에 꼭꼭 싸서
못미더워 뒤돌아보며
관광버스 타고 떠난 꽃놀이 여행길
어깨 들썩이게 만드는 음악소리
불콰해진 소주 한 잔에 시름 다 내려놓고
노세노세 젊어서 노세
노세노세 젊어서 노세

아지매들 관광 떠난 텅 빈 동네
명성반점 간짜장 공원반점 짬뽕
주문 전화 불티나고
마누라 끓여놓은 곰국 쉬어터진다
덩달아 꽃다방 새끼마담까지
엉덩이 흔들며
커피 배달 날개 달았다.

담배

늬 안즉도 담배 피우나
쌀 한 되가 얼매고?
요새는 쌀 한 되가 담배 한 갑보다 더 비쌀 거로
고걸 몬 끈코 꼬실라서 쌀 한 되빽 베리삐나
늬 식구 쌀 한 되 가지몬 매칠 묵노
기냥 접시물에 팍 빠져 디져부러라

니코스탑 니코레트인비티패취 니코필껌 챔픽스정 니코프리패취

논산훈련소 철조망 너머가 그리운 것이 아니라
폐 깊숙이 빨아들이는 담배 한 대가 절실하다던 편지 한 통
시외버스터미널에서 남쪽으로 떠난다는 그가
사달라던 솔담배 한 갑
여름 들판과 함께 자라는 푸른 돛단배
어여쁜 한 떨기 화초 스무 장 이파리
하엽 본엽 중엽 상엽 손을 아리게 하던 노란 담뱃진
시래기처럼 줄줄이 엮은 중독된 갈색 향취
담배인삼공사 일괄수매 전매특허
에쎄 한 갑 4500원

봄맞이

봄을 품은 바다
새콤달콤 빨갛게 무쳐낸 꼬막무침 막걸리 한 사발
외서댁 꼬막나라 관광버스 왈칵 쏟아부은 만오천 원짜리들
방사선 목욕한 일본산 섞인 참꼬막
간장양념 고추장양념 달걀옷 카드뮴 입은 중국산 새꼬막
피 철철 흘린다 피꼬막
잎새주와 하이트 맥주에 취한 벌교의 밤

기억속의 까만 모래사장
그때는 한 떨기로 뚝뚝 지던 동백
지금 빤닥거리는 초록 잎 사이 갈색으로 달려 있는 꽃송이
악착같이 매달려서 저렇게 늙고 싶진 않아
만성리 바다

봄은 바다와 동백과 꼬막에서 오는 것이 아니라
언 겨울 땅 속 탈출 꿈꾸며 발꿈치 들고 기지개 켜는 냉이
네가 봄이다

발기부전

깻잎장아찌처럼 꾹 짜놓은 얼굴
성깔 덕지덕지 붙어 있는 호랑이 눈썹
유행 지났지만 늘 깨끗한 양복차림

발기부전제를 사러오는 사람들
열없게 웃거나 머리를 긁적이거나
굉장히 친한 척하거나 비굴한 표정
그러나 당당히 쑥 들이미는 홍이할배 처방전
1942년생 우리 나이 일흔여섯
칠순 할배가 한 주 건너 세 알씩
출석부가 따로 없다
비아그라 나비그라 누리그라 데나그라 팔팔 포미스터
시알리스 뉴씨그라 발그레 센돔 시알라필 탄탄 해피롱…
많고 많은 약 중에서
꼭 자이데나 세 알

두 계절 지나고 유난히 얼굴이 발그레하던 날
이봐라, 여그 머리크락이 쌔카맣게 올라오고 있제
올매나 좋노

홍이할배에게 공손히 드린 인사
늘 건강 조심하세요

선술집

비 내리는 십이리
모내기 마친 논에
빗물 넘실거리는 유월

대낮
팔뚝 문신 있는 사내는
숫돌에 회칼을 쓱쓱 문질러 날을 세운다

홍등 켠 어두침침한 점방
치마 걷어올려 허벅지 드러낸 계집
손바람 일렁이며 담배를 태운다

계집은 칼로 회 썰어줄 사내 필요하고
사내는 화류계 끝물 계집 돈주머니 필요하고
마늘 양파 수매 끝난 할배들
호들갑떤 환한 웃음으로 반겨줄 선술집이 필요하고

골 깊은 주름
까맣게 타들어간 농부 아내 가슴속에
하늘 뚫린 것처럼 장맛비 골을 이룬다

섭이할배와 선이할매

기역자 허리
선이할매 십이리 장날 떴다

손마디 굵은 할매가 늘 쥐어뜯어놓는 생채기
새살이 돋는다는 마데카솔 발라놓은 상처
늘 눈웃음 살살 치는 구순 넘긴 섭이할배
깎아놓은 밤 같은 얼굴
오빠~ 부르면 잘 열리는 지갑

치매 앓는 할매 귀찮지 않냐며
요양병원 입원시키라는 남들 얘기
열여섯에 시집와서 고생고생 다 했는데
내 눈에 흙 들어가기 전에는
끝까지 수발한다 하는 의리 할배

할매에게 파리채 사온다고 횡 마트로 내지르더니
커피 배달 다녀오는 새끼마담
반갑게 손잡으며 초코파이 건네고 있다

야반도주

— 약속다방 정 마담 밤새 사라졌다

그래요
이제 그만 떠나야 할 때가 된 것 같네요
저 도로 위에 내동댕이쳐진 양은 냄비
산산조각난 푸른 소주병
던져진 것들이 세간살이가 아니라 내 모습 같네요
분식집 함께하면서 알콩달콩
김밥 말고 국수 비비고 라면 끓이면서
이만하면 됐다 생각했지요
말대꾸했다고
눈 크게 떴다고
술이 사람 먹을 때까지 개차반 같은 행패
이유 없는 폭음에는 언제나 이유가 있었지요
다시는 이런 행세 안 하겠다고
면도칼로 손가락 그어 혈서 쓰는 당신
한 걸음 떨어져 바라보니
모든 게 다 보이네요
살아온 날들이 안타까워 참으려했으나
살아갈 날들이 아까워 내려놓을게요

나를 위한 배신은 고마웠어요

허풍쟁이 같은 당신
가족이 있는 풍각으로 돌아가세요
모든 것 다 버리고 사랑이라 믿고 떠나왔던
야로면으로 나도 돌아가렵니다

이사

우리 옆집 박삼순할매
흰 고무신 분통같이 하얗게 씻어
문턱 밑에 세워두고
락앤락 김치통 햇볕에 말린다
귀 어두운 친구 할매들
종일 평상에 앉아 선문답 같은 대화
유모차 의지하며 돌맞이 아가 같은 나들이
기운 없다고
눈이 천 리나 기어들어간다더니
대구 사는 큰아들이 그랜저로 모셔갔다
달포 지나
아들네 아파트 문 밖 출입도 못한다며
날마다 쓸고 닦던 할매 짐 다 들어내고
달셋방 내줘버린 계산 빠른 큰아들

손톱에 물들여 저승길 밝힌다고
콩나물 동이에 심었던 봉숭아
피고 지고 피고 지고
꼬투리 까만 씨
할매 기다린다 대구 쪽 바라보며

입춘

바람은 나를 넘어가세요
납작 엎드린 초록색 봄동
겨우내 옹이진 마음
만유인력으로 뿌리 키우던 달래

창녕 아들네집에서 되작되작 겨울 한 계절
뽀시락뽀시락 살아나는 봄나물처럼
결 좋은 바람 따라 십이리 장날 건넨 인사들
할매, 날씨 따땃해져 장마당 나왔능교

어깨에 슬쩍 손 두르고 먼 산 바라보는
부끄러운 따스함

입춘이구나
봄이 왔구나

고향 방문

툭 던져진
이응 발음 굴림이 좋다
말아지는 혀
이탈리아 이태리

이탈리아에는 없다는 이태리타올
꼬아 만든 비스코스 원사

직선 위에 균형을 잡고 걷다보면
자꾸 왼쪽으로 몸이 기울어
사이프러스 향나무가 있는 풍경 속 포도밭
고흐 그림 속에서 만났던 지평선 끝 해바라기
동산 같은 언덕에 물결치던 황금빛 밀밭
다 네 친구들이지
한번도 하지 못한 고향 방문
대대로 내려온 고급진 금수저 위엄

삼인칭으로 내가 바라본 나
떨거지 벼락부자 냄새가 올라오고
몸으로 느끼는 것과

눈으로 바라보는 것은 달라
그래서 대리석 바닥에 멀미인 척
피자 스파게티 젤라또 와인으로 그림을 좀 그렸지
말하자면 조상 덕에 잘 먹고 잘 사는
배알이 꼴리는 부러움

이벤트 적립금이 소멸된다고 도착한 문자
미끼를 물다보면
발바닥 근질거리는 알레르기 반응
가방을 싸고
떠나고 싶은 방랑벽을 잠재우기도 하지

기우제

청도 운문사 계곡에
용이 되지 못한 꽝철이가 살았다
불을 뿜으며 산 능선에 앉아 가뭄든 들판 즐기다
꽹과리 징 소리에 깨어나
콧구멍에 물 들어가면 불덩이 되어 날아가고
비가 내린다

먼저 양파를 잘게 다져 찬물에 담갔다 건져주세요
토마토도 깍둑썰기로 썰어 넓은 볼에 넣고
아보카도는 반 잘라 씨를 제거한 후
후추 소금 레몬즙 톡톡
혼합하면 과카몰리
멕시코 숲은 사라지고
물이 부족하고
이산화탄소를 배출하고
갑자기 식욕이 떨어진다

비가 내릴 때까지
온갖 정성을 다 하는 아메리카대륙 인디언
실패한 적이 단 한번도 없다는 기우제

빗방울로 성장하지 못한 구름방울
서해안 하늘에 뿌려졌다 응결핵
인. 공. 강. 우.
꽝이었다

운무사 계곡에서 꽝철이가
붉은 혀 날름거리며 웃고 있다

달에서 목화씨가 싹을 틔웠습니다

성실한 농부가 필요해
씨를 뿌리고 열매를 거두기까지
매순간 한눈팔지 않고 정성을 기울여야 한다

너를 바라보는 나
쓰촨성에서 창어 4호를 쏘아올렸다
지구와 38만㎞ 떨어진 달
낮 기온 영상 100도
밤 기온 영하 100도
이를테면 한번도 쓰지 않았던 단어로 시를 쓴다는 것
앞면보다 뒷면 착륙은 더 위험해
너와 네가 다르듯이
나와 내가 다르듯이
뒷면은 언제나 위험하지

달에서 목화씨가 싹을 틔웠습니다

매번 우리가 작별인사를 할 때마다
너와 한번 더 키스를 나누고 싶어
한낮 뒤뜰에서 아기울음처럼 고양이가 울고

푸른 잎이 가시로 변하는 꽃기린
국제 우주정거장에서 백일홍 꽃이 피고

그럼에도 불구하고
난장이가 쏘아올린 공
하늘에서 달이 되었다

문지방

석동 들어가는 굴다리 넘으면
참새들 날아다니는 길이 있어
앞서거니 뒤서거니 관룡산과 영취산을 거느리고
턱하고 버티고 있는 큰불뫼가 한눈에 보이는 문지방

문지방이 물렁물렁해져야
애가 어미 몸을 빠져나온다고 했어
처음이야
모든 것이 서툴러서 미안해
안아보는 것도
눈을 맞추는 것도
네가 왜 우는지 모르고
너를 안았다는 벅찬 기쁨 하나로
세상을 다 얻은 것 같은 현실에서 눈 뜰 때
아기가 내게 온 것인지
똥주머니가 내게 온 것인지
깃발처럼 휘날리는 기저귀를 보면서도 눈물이 났지
처음이어서 그랬어
네가 아들로 내게 온 것처럼
나도 딸에서 엄마로 막 태어나서 그래

사람과 사람 사이
무쇠난로같이 뜨겁게 앓으며
그 위에서 끓는 주전자처럼 흐느끼며 울었어
지금은
버릴 것마저도 남지 않게 활활 태워서 홀가분해

석동 나가는 굴다리 넘으면
이승과 저승 사이 같은 문지방
오며가며 큰불뫼 바라보는 재미가 쏠쏠하다

숨바꼭질

쫓는 자 도망치는 자
언제부터인지 데크 밑 공간은 아이들 세상이다
가끔 아기 울음소리가 나기도 하고 어느 때에는
생쥐가 데크 위 지나다니는 길목에 턱 놓이기도 한다
딴에는
육수 뺀 멸치를 대단한 선심인 양 주기도 하고
쉬어버린 갈비를 주기도 했었지 상차림은 아니지만
고등어 대가리를 뺏으려 발톱을 세우고
내 손등을 긁으면서 갈등은 시작되었다
전쟁이다
구해야 한다 사냥총 또는 석궁
아니면 고무줄 새총을 만들어야 한다
분분한 의견이 시위를 팽팽히 당긴 활 같지만
외눈 하나 깜짝 안 하고 오늘도 차분한 걸음걸이로
데크에서 벤치 옆으로 서쪽 화단을 폴짝 넘어 유유히 다니고 있다

아무도 모르는 너무 먼 화해
없어진 줄 알았던 이데올로기 갈등
노르웨이 해변에서 발견된 흰고래 벨루가

러시아 상트페테부르크 장비 해군 비밀전투요원
돌고래가 고강도 훈련받은 스파이?

아무튼
제 집인 양 발레하듯 드나드는 오만방자하고 우아한 걸음
저 아이 목에 누가 방울을 달을 것인가
머리가 아프다

오늘 하루쯤

놔둬 그까짓 것들

고양이 똥 위에 앉았던 파리가 전염병을 창궐하게 만든다 해도
마룻바닥 걸레질 안 했다고 구더기 나온다 해도
노린재 다닥다닥 붙어 있는 고추나무가 가지나무 된다 해도

그렇게 바쁘면 어제 시작하지

늘 어지럽게 수선떨면서 위하는 척
꼬리 빼는 네 검은 속이 다 보여
휴대폰 전원도 꺼
맨날 그 얘기가 그 얘기야
밤잠 설치며 한숨을 땅 꺼지게 해도
대한민국은 문제가 없고 조국은 잘 살아가고 있어
아침 탄수화물 점심 지방 저녁 단백질이라지만
발끝 안 보이게 나오는 배 걱정 말고 밥을 굶어봐
공복에서 오는 저혈당이 수전증처럼 손 떨리게 하지만
머리는 팽팽 돌아갈 거야
마스크 팩 붙인다고 주름 없어지진 않아
주름진 오드리 헵번을 누가 아름답지 않다고 해?

고여 있던 마음 털어버려
너를 감싸고 있던 깊은 절망이 바닥을 치고
어둠이 땅속 깊이까지 내려앉으면
돌아앉아 흐느껴 울도록
하루
오늘 하루쯤 내버려둘게

제비

강남으로 제비 돌아갔다

오랑캐꽃
또는 바이올렛이라고도 부르는 제비꽃
제비꽃 필 즈음 오랑캐들은 식량을 구하러 한반도를 침략하지
몽고반점
반도에서 살아남는다는 것
살아서 만나면 반가워 술에 취하고
치마말기 흘러내리며 춤추게 만들지

대륙 가로질러 양자강 지나
인도차이나반도 끝까지 날개짓으로
작아도 강남까지 가잖아

이집트 사람들은 죽으면 신이 두 가지 질문을 한다고 해
인생을 충분히 즐겼는가
너는 누군가를 즐겁게 해주었는가
돈 떨어지면 양 날개에 힘이 빠지고
세상을 엎어버리고 싶지

왁스로 가르마 정갈하게 손질하고
연미복 차려입고
누님에게 손 내밀어봐
누군가에게 꽃이 되고픈 순간이 있듯이
쌓인 가슴 통곡하듯 풀어헤치고
꽃으로 피어날지 누가 알아
누구나 다 아는 길로 가야만 하는 것은 아닐 거야
나만 아는 길이 정답일 수도 있어

강남 갔던 제비 돌아온다

타조 깃털

사바나 타조 한 마리를 데리고 왔어
물론 사람들은 미쳤다고 하지
땅 설고 물 설은 십이리에서 무얼 먹여 키울 거냐며
이젠 신경쓰지 않겠어
공룡시대부터 살아남았는데 어떻게든 버텨낼 거야
벌써 나에겐 머리와 꼬리를 내려 충성을 맹세했어

떨어진 깃털 하나하나 모아 먼지털이를 만들 거야
장롱 위, 장식장 구석구석, 소파 밑, 화장대 뒤
깃털이 지나간 자리 먼지 한 톨도 용납할 수 없어

털게를 먹느라 입안이 다 까져버렸어
비린내는 여러 번 씻어도 없어지지 않았지만
흩어진 털게 껍질은 타조깃털 먼지털이로 청소하니 깨끗해졌지

점점 겨울나무가 좋아지기 시작했어
정직하잖아
직유적으로 말하자면
타조깃털 먼지털이처럼 세상을 청소하고 싶다는 얘기야

어제는 음흉한 웃음을 띤 사내가
고지혈증에 담백한 타조고기가 몸에 좋다고
볼록한 배를 슬슬 문지르며 속삭이듯 내게 말했어

이제 타조를 고향으로 보내야겠어
사바나 초원에서 날개를 펴고 날아가는 연습을 하게끔
조류 생애 먹칠하지 않는 타조를 기대하며

티켓다방 새끼마담

뱃살 두둑하고
세상풍파 다 겪은 주름 깊은 얼굴
티켓다방 새끼마담이 김태희란다

험한 세상 살았어도
이름만이라도 다시 태어나고픈
여자 마음

이름처럼 살아진다면
이름처럼 살고 싶다면

네가 김태희면
나는 그레이스 켈리다

호마 胡麻

대륙 하늘과 바람을 안고
초여름부터 가을까지 태양을 견뎌내어
네 개 씨방에서 팔십여 형제들과 함께
한 톨로 영글은 호마

되질 후한 인심에 팔려
십이리 떡방앗간 전자 볶음솥에서 달달 볶아진다
'대륙에서 온 티는 버려야 해'
무솔댁 시금치나물무침에서 고소한 맛을 더해주며
고단했던 여정 눈앞에 스친다

많은 형제들 뿔뿔이 흩어져 간 길 몰라
그들도 나 지나온 길 모르듯이
어차피 이런 게 우리 살아온 이야기야

사막과 초원이 있던 내 고향 아라비아에서
그래도 난 늘 최고였지
보물창고 주문도
'열려라, 참깨'였으니까

달래야 진달래야

이제 그만 잊어도 되련만
약산 진달래 피어나는 봄
가슴에 지핀 불 끄러 올라간 산길
나는 흰 꽃무더기로 피어 있는데
온산에 불 지피며 활활 피는 너

뻐꾸기 우는 밤
술잔 넘치게 두견주 따라놓고
너에게 쓴 부치지 못한 편지
눈물로 바라보던 그때가 맞는 걸까
눈물 없이 바라보는 지금이 맞는 걸까

개나 소나

청도에서 여름에 여는
개나 소나 콘서트에 간 적이 있지
진짜로 순 개판이더라고
포대기 대고 업은 강아지를 우리 아기라는 아줌마
아유 어쩌다 사람이 개새끼를 낳으셨네요
희번덕이던 눈이 말을 못 잇는다

반려동물이 가족이라고 유난을 떨며 물고 빠는 사람들
명절에 버린 개는 늑대가 되어가고
살쾡이가 되어가는 고양이는 음식물 쓰레기통을 뒤졌지
그냥 개는 개다워야 하고
고양이는 고양이다워야 하고

케냐 마사이족 소녀는
울타리 없는 동물원 사바나 들판을 건너 학교를 가지
소녀 엄마는 사람을 공격하는 코끼리
절벽에서 먹이를 기다리는 표범도 무섭지만
인간 탈을 쓴 짐승만도 못한 사람이 제일 무섭다고
짐승은 짐승다워야 하고
인간은 인간다워야 한다

당하다, 엿보임

황소개구리 눈을 떼어다 높이 달았다

숨을 쉬면 블라우스 옷자락이 오르내리고
전기포트 주전자가 하얗게 김을 쏟으면 커피 한 잔
눈알을 돌리며 신문 속 이야기에 촉수가 달려나가고
온몸으로 날을 세우듯 뻗은 더듬이
보는 눈 속으로 끊임없이 줄줄이 따라가던
수증기 활자 얘기 소리
숨소리 너머 알 수 없는 겨자씨만큼 작은 인연들까지

무심. 없는 듯 무시해야 하는
무시해서 더욱 무서운 것인지
무서워서 무시하는 것인지
혼란 속에 빠질 때가 있다

문을 열고 밖으로 나가면 사각지대
눈알이 따라 움직이는 지금 여기

대뇌 속 해마가 기억하고 있는 한 움직여야 한다
아니,

까이껏 뭣이라고
네가 나를 엿보고 있다고 내가 알고 있는 것만으로
눈알이 튀어나와 데굴데굴 굴러 떨어져도

나는 나야

3부

혼자서, 한라봉

명자화

봄기운 가득한 화단 가장자리
영자도 순자도 아닌 것이
무슨 한이 그리 많아
핏빛 심장처럼 그리 붉디 붉느냐

연지곤지
붉은 저고리 초록치마 새색시
족두리 나비 따라 바람 따라 가버린 사랑

미움이 그리움으로
보고픔이 간절함으로 변하여
보리누름 기다리지 못하고 피는 꽃

창창한 청춘
서리서리 가슴에 한을 담아
가시로 무장한 까닭이 거기 있더냐

봄날 화단 가장자리
어쩌자고 온몸을 던져
해를 닮은 선홍빛으로 피어났느냐

동백꽃

눈 감았다 뜨면
마흔 살이 되고
쉰 살이 되고 싶었던
바람 위의 청춘

온몸 실핏줄이
모두 터져
피가 강물 되어 흐르는
통절한 아픔

이유 없이 우는 사람에겐
언제나 우는 이유가 있듯이
변해버린 마음을 꿰뚫어보는
곁눈이 생겼는지도 모른다

우리는
그 바람 위에서
지금처럼 날카로울 때 죽고 싶다며
짐승처럼 울부짖던 페드라

이젠
라 트라비아타를 폭포수처럼 맞으며
생각 속 모든 스위치를 내리고
발아율 높은 침묵 속으로
너를 눕힌다

매생이

파랑 일던 물속 어둠
턱이 달달 까불러지는 한기
페퍼민트 왁스 묻혀 돌돌 감긴 치실
초록 사연들이 밀푀유처럼 쌓여간다
삼켜버린 울음만큼 우려낸 당신과 나 사이
인간사 이렇게 엉켰으면 편안해질 때도 되었는데
더 헝클어져 한 치 눈앞도 보이지 않는 장님
얽히고설킨 무질서 속 정연한 질서
살아 있다는 것은
바늘이 심장을 끊임없이 쪼아대는 것
잊었는데도 결코 잊은 적이 없는 가슴앓이
머릿속에서 혈관 벽을 두드려 일으킨 두통
물비린내 떨치고 일어난다
바다 속 파도

미운 사위가 술 한 병 없이 불쑥 찾아오는 저녁
김 안 올라오는 매생이국 올린 저녁밥상
입천장 덴 사위
꼬시다

배롱나무

다 내려놓고 와야 해
내 꽃그늘을 지날 때면
지난 날의 사랑이나 미움도 버리고

그래도 상처받은 가슴이 덜 아물어 피 흘리면
내 붉은 꽃잎을 찧어서 붙이고 오렴
딱지가 떨어질 때면 상처도 다 나았을 거야

기쁜 나들이 가듯이
아는 모든 이에게 두루두루 인사 나누고 건너와
지금 이 자리에서 언제나 같은 모습으로 너를 안을게

그대 한 사람이 웃고
모든 이가 슬픔에 겨워 배웅하는
이승과 저승 사이 배롱나무 꽃그늘

묶인 매듭

삼백육십 마디마디
모든 힘 다 빠져나가고
속눈썹 한 올 한 올까지 늘어져
내가 사라져버리는
달빛 결 소리까지 헤아리는 밤

영겁 세월 동안
일억 년마다 한번씩 흰 천으로 닦아
반석이 닳아 없어져야 비로소
천둥 치고
번개 번쩍이고

그저
그렇게
얽히고설켜
그물에 걸린 바람처럼
인연이라는 이름으로 묶인 운명

사는 게 녹록치 않았을 때
너를 외면할 당당한 용기도

나를 마주할 끈끈한 집착도
달구어진 인두가 남긴 가슴속 화인
완충지대

은유는 은유대로
암호는 암호대로
너와 내가 만났었다는 것

이제
내리는 저 밤비가 원점이야

불두화佛頭花

깊은 산속 청상과부처럼 조촐한 백당나무도 아닌 것이
그렇다고 기생 치마폭처럼 화사한 수국도 못 되고말고
가는 봄 아쉬워 봄 끝자락에
흰밥사발처럼
작은 우주 꽉 채우며 피는 너
지 몸 하나 해량 못하고 주는 대로 다 받아안고
버리지도 못하고 그렇다고 삼키지도 못하면서
무겁고 힘든 머리끄덩이
가만가만 내리는 가랑비에도
보는 이 애처롭게
이리저리 휘둘리며 핀다

차라리 뭇사내들 마음 홀리게
호리낭창 허리에 황홀한 꽃대라도 올리던지
농염하고 요염하게 향기라도 갖고 태어날 것이지
허풍선이처럼 꽃잎만 무성하고
실속 없이 화사한 빈 씨방 하나
오월 그믐 비바람에 흔들리는 것도 서러워
온몸으로 꽃을 피워내는 불두화

선택

그까짓 것 뭐라고 괜찮아
배추를 잘못 고른 네 탓이야
너무 커도 싱겁고 짜리몽땅해도 맛없다고 했잖아
바다내음 안고 온 청각 갈치속젓 생새우
단 한번에 땀 확 솟는 청양고추 넣어 버무리면 돼
인물 뜯어먹고 살 거 아니고
사람 소중히 여기고 인간사 선하게 풀면 되지 뭐
군내난다고 골마지 꼈다고 단지 엎어버릴 거야
양념 털어 김치찌개도 만들고
김치전 김칫국 만들어야지
맘에 안 든다고 다 버리면 열두 서방도 모자라
김장은 한해 살림 밑천인 거 알지
네 복에 산 좋고 물 좋고 정자 좋은 곳이 어딨겠어
좋은 시 쓰겠다고 밥 두 숟갈 안 먹고
잠 두 시간 못 자고 그러지 마
살 빠져

이 또한 지나갈 거야
괜찮아 괜찮아

은사시나무

가까이 다가서지 마세요 이제
이렇게 온몸을 떨고 있잖아요

내 안의 울음을 지우기 위해
바람 없는 들판에 서서 나를 통째로 흔들어 말리는 물기
기억이나 할 수 있을까 먼 시선으로 바라본다면
자작나무라고 얘기한 적 없어
은빛이라고 다 자작나무는 아니니까
모두 변한다는 것 깨달았을 때는
무서리 내리는 늦가을
얇은 종이가 잘 벼린 칼처럼 난도질하던 손바닥
가슴 열어보면 늘 피 흘리던 상처
하고픈 말 팔만삼천 마디로도 모자라
그러나 침묵
은색 만든 온몸 아직도 깃발처럼 흔들며
기다리는 은사시나무

이제 가까이 다가서지 마세요
온몸을 이렇게 떨고 있잖아요

잡초

속시원하냐
얌통머리 없이 제집인 양 턱 밑까지 쳐들어와
자리 틀고 앉아 주인 행세하는 니 꼬라지
조개 알맹이를 쫓아내는 질 나쁜 소라게처럼
진실이 때때로 얼마나 깊은 고독을 가져오는지

집합으로 뭉뚱그려 가둬놓기에는 너무 많은 풀, 풀들
광대풀 개불알꽃 괭이밥 땅빈대 바랭이 갈퀴꽃 쇠뜨기 명아주 망초
네가 비어주면 내가 채우고
나 지고 나면 너 꽃 피우는 서열 분명한 순열의 법칙

나는 네가 저지른 일을
한 오라기도 빼놓지 않고 다 기억하지

탱자나무

팔 벌리지 마세요
이제는
내가 당신 심장을 찌를지도 모릅니다

오랜 세월 동안
당신 향해 손짓하던 푸른 잎
잎사귀로 남을지
가시로 세상을 찌를지
한 뭉치의 감정과
풍랑 없이도 늘 출렁이는 한 덩어리 분노
그리움 가시 되어
나를 감싸안기 위해
고통 대신할 고통은 어디에도 없는
나뭇가지 부러지는 비등점 끝
아프다고 비명 지를 수 있는 것은
겨자씨만큼 남아 있는 견뎌낼 힘
통곡조차 할 수 없는 서러움
저 뒤통수까지 뻔뻔한 오만함

사라져버려라

사라져버려라
울타리 되어 당당히 수문장 될 때까지

편지

거꾸로 매달린 거미
치열한 생존 몸부림 쳐다보는 곁눈
타인을 통째 먹어치우는 식탐
간당간당 사는 날들 안타까워 보여도 사치

매듭매듭 맺혀진 인연
무명베 한 필 풀어도 모자랄 사연
그립다 말 못하고 살았을까 그렇게 오랫동안
보여주지 못한 내 사랑은 불 울음소리
집중호우 태풍 맞은 듯 너덜거려진 가슴
둘이 있어도 셋 같은 허기
가풀막진 고개 넘을 때마다 일으킨 반란
이해한다 했지만 한순간도 이해한 적 없어
하고픈 말 죽을힘을 다해 꾹꾹 눌러도 불거진 한마디

너 그렇게 살지 마

해바라기

웃는다
외발로 서 있는 너
아무렴 웃어야지 웃어야 하고 말고

태양을 향해 더 가까이
나를 바싹 태워 대궁이 속까지 하얗게 비운다
속울음 울며 고아처럼 버려진 무념무상
담금질하면서 무디어진 상처
인두로 가슴에 새겨넣은 붉은 그리움
믹스커피 모가지 톡 따서 종이컵에 풀어
뜨거움 꿀꺽꿀꺽 삼키는 체념
그러나 언제나 너에게 다가가고픈 노란 열망
다음 생에는 바람으로 태어나서
흘러가는 것처럼 머물고
머무는 것처럼 흘러가거라

웃어라
프랑스 아를 들판에서
고흐가 너를 처음 만났을 때처럼
금빛으로 여무는 가을이 환해질 때까지

화부보조火夫補助

내 전생前生은 화부였습니다
아니 화부의 우두머리 조라詔羅치를
하늘처럼 모시는 화부보조였습니다

마룻장 밑 구들장 아궁이 토방
해바라기 별바라기 하며
바람에 나를 녹여 장작을 말리고 세월도 말렸습니다

구들장에 조라치가 불 지필 때
한걸음 떨어진 뒤에서 불땀 잘 드는 마른 장작을 골라주며
불을 지피고픈 열망에 마른침만 깔딱깔딱 삼켰습니다

이제나 저제나
목을 빼고 기다리다 기다리다가
숨이 넘어가버린 화부보조

지금에야 불 지피고 불꽃을 바라봅니다
전생에 피우지 못했던 불
나뭇가지 한곳에 모아놓고 불 지핍니다

나무 타는 냄새도 맡고
푸르스름하게 피어나는 연기도 보고
일렁이면서 활활 타오르는 불길을 온몸으로 느낍니다

육신을 태우고 싶습니다
파르륵, 활활 타오르면서
내 온몸을 살라 가장 큰 불꽃으로 타오르고 싶습니다

봉덕사 에밀레종을 만들기 위해
그 쇳물을 녹이는
불길이 아니어도

공수래공수거空手來空手去 열반涅槃하신
큰스님 다비식茶毘式
불길이 아니어도

현생現生에 왔다가며
나를 던져 피워낸
단 한번뿐인 아름드리 불꽃이고자 합니다

온 사위四圍를 비춰
이승길, 저승길
환하게 밝히는 불꽃이고자 합니다

속도조절

은근한 목소리로 속삭이지
밟으라고
왕성해지는 도파민 분비

가령 12시는 브레이크
1시는 가속페달이야
12시는 돌돌 말아 음식물 쓰레기통에 던져버려
화살처럼 달려드는 바람 속
눈물과 눈물 사이
속도조절이 필요해
1시를 향해 가는 초침을 세워두기도 하지 가끔은
가풀막진 길
솟아오르기도 하지 시침 뗀 격분
이건 12시야

페디큐어를 하고
매니큐어를 바르고
마스카라를 올리고 컬을 세워

우리는 속도조절이 필요해

곱슬머리

머리를 부풀리는 것은 힘을 과시하기 위해서
아카시아 줄기로 머리카락을 도르르 말아
고슬거리게 했던 어른놀이
촘촘한 빗으로 거품처럼 머리카락을 부풀려
또래들에게 성숙됨을 과시하려는 미장원놀이

요즘 우리는 더 강하게 보이기 위해 곱슬머리를 만들어
단백질 펌약을 바르고 로트를 말아
중화제로 곱슬거림을 잡아두면서
있는 힘껏 허세를 넣어두지

갈기가 멋진 초원의 고양잇과 수사자
암사자를 제치고 제왕적인 권위로
사냥한 먹이를 날름 먹을 수 있는 것도
수사자가 갈기를 팽팽히 세울 수 있기 때문이지
갈기에 힘 빠지면 뱃가죽 등에 붙어
얼룩말 뒷발질에 깔려 죽을 수도

어쩌면 우리는 약한 모습을 감추기 위한 몸부림
나를 가장 편견 없이 보여주는 내 모습 그림자도

빛이 비치면 내 뒤로 모습을 감추고
어둠이 오면 사라져버리기도 하잖아

잊힌 사람에게 전화가 온다는 것은
잘못 눌렀거나
꼭 해야 할 이야기가 있거나
또는 몹시 보고 싶다거나

거짓말 못하는 거울 속에 비친 손등
손도 늙는구나

다이어트

살림을 사고 싶어 몸살을 한 적이 있어
눈을 감아도 문갑이 떠다니고
홈쇼핑에서 방송하는 물건을 사지 않으면 안 될 것 같고
온 집안이 물건으로 쌓이고

이제는 격하게 많은 것을 버리고 싶어
녹즙기도 버리고
화장대도 버리고
오늘은 이민가방 같은 여행가방을 버리려고 해
얼마나 버려야 가벼워질 수 있을까
다이어트 중인 살림들

하찮게 여기는 키 작은 풀들
가을이면 제 몸 물기를 없애며 비우는데
많은 것을 갖고 미련스레 무거워하고 있을까

관통하고 흔적 없이 지나가는 바람처럼
날렵해지고 싶어
흉터 없는 상처는 아픔도 아니야
한방에 때려눕히고 싶거든

멋진 거절방법으로

심지어 나비 모양인 다이어트 약 디에타민
몸 가볍게 만들어 나비처럼 날아가라고
가벼워지고 싶은 욕망
나비처럼 날아가고 싶어

비비디 바비디 두
비비디 바비디 두

블루스 블루스 블루스

온몸 힘을 빼고 날아오르고 싶어

미시시피 델타 목화밭
땀 흘리고 난 저녁 채찍
떠나올 수밖에 없던 아프리카 초원
삼킬 수도 뱉을 수도 없던 원죄
할러 외침 속에 토해놓고

가끔 콩나물과 시금치에도 블루스가 깃들어 있다

세상에 한계라는 것은 없어요
꼭대기만 있답니다
그렇다고 정점에 머물라는 것은 아니죠
모두가 열광하는 이유는
사막 끝에 바다가 있기 때문이에요
그 사막을 사람들은 낙타를 타고 건너간답니다
시애틀 공동묘지에 그가 묻히고
용쟁호투는 쌍절곤을 휘두른다

자주색 비로드 커튼 너머

박자를 튕기고
세상 안 세상에서 만난 새로운 세상
세상 밖 세상으로 나를 끌어올리는 중입니다
반음만 더 올릴게요

온몸 힘을 빼고 날아오른다
블루스는

피라미드

편안하게 생각해
바닥부터 시작하지 않는 최고는 없어

죽어서도 영원히 살 수 있다고 믿는 이집트인
파라오 영혼이 편안하게 쉴 수 있다고 믿은 안식처
사막 모래바람 맞으며 고된 노동으로 피라미드를 만들며
얼마나 많은 사람들이 쓰러져 갔을까
늘 고난과 채찍은 민중이 담당하고
역사에 남긴 이름은 금수저들이야

요즘 새로운 바람이 불고 있다고 해
헬리콥터 맘 뒤를 이은 바짓바람
내가 가진 모든 기득권을 자식에게 물려줘야 한다고
피라미드 꼭대기 내려오기 싫은 이기적인 부성
우리가 모르는 사이에 자기들끼리 진골 성골이 부활하고 있었어

왜 피라미드라는 이름으로
눈흘김을 받으며 천대받고 있는가
끈끈이주걱 속 곤충처럼 빈 껍질 되어서야 세상에 발 디

딜 수 있어

너무 촘촘히 짜여 도저히 빠져나올 수 없지

누구 한 명 부자되었다는 사람 본 적도 없어

난 가끔씩 북회귀선이 지나가는 이집트로 가는 꿈을 꾸고는 해

네페르타리 왕비처럼 범람하는 나일강변을 우아하게 산책하고

클레오파트라가 되어 진주 귀걸이를 녹여 마시고는 하지

콩코르 광장 오벨리스크가 얘기해주잖아

역사는 늘 강한 자를 위한 이야기라고

다 부질없는 것을

편안하게 생각해

바닥부터 올라가지 않는 꼭대기는 없어

바람 끝자리

우울증에 빠질 것 같아
따뜻한 찻잔을 감싸고 네모난 햇살에 나앉는다
봄이 오는 걸 시샘하는
칼진 바람 울부짖으며 매화나무 곁에 머무는데
나를 가려야만 살 수 있다고
사회적 거리를 유지해야 한다고
전세계가 떠들어댄다

말없이 전송된 칙칙한 신호들
매일 삶에서 필요치 않는 것들
뇌 속에 나침반이 있는 것처럼 방향을 잡고
갈 곳 없는 사람들은 호숫가를 거닐고

지친 삶에서 가라앉을 것만 같을 때
버려야만 가벼워질 수 있다
바다에서 가장 무거운 대왕고래가
100톤 넘는 무게에도 자유롭게 유영할 수 있는 건
두둥실 뜨게 하는 부력
옭아매던 속눈썹 하나까지도 버린 이기심
나를 띄워야 한다

가위

처음 만든 사람 누구일까

여지를 남기지 않을 것 같은 날카로운 턱선
한 면만 잘 벼린 칼보다
두 허리를 맞대고 쓱싹해치울 수 있다
마음 서로 사라졌다고 생각이 들 때
미련 한 점 남기지 않고 단박에 잘라낼 수 있는

내가 가진 눈은 두 개다
너도 두 개로 보여야 하는데 하나로만 보인다
왼쪽 눈으로 본 너와
오른쪽 눈으로 본 너
이제 머리가 시키는 대로
가슴이 시키는 대로 하나만 보아야 한다

내가 첫 번째여야 한다
널 첫째로 꼽는 나처럼
여럿 중 하나인 내가 된다면
가슴속 날 벼르던 가위가 싹. 뚝.
늘 첫째이고 싶은 열망

혼자서, 한라봉

하얗게 시작해서 노랗게 익어가는

아무것도
숨쉬는 것조차 까딱하기 싫은
머리카락이 눈 깜빡임에도 흔들려 버거운 일상 속
이태백 시 속에 나오는 태산을 내가 짊어진 듯
먼지 한 알에도 온몸이 들썩인다

오늘 보낸 택배상자 속에 오카리나를 넣었다
노랑은 병아리 떼 종종종 울려퍼질 것이고
초록은 부끄럼 많은 누나 손등을 간지럽히겠지
난 주홍에 가까운 노란 껍질을 벗기며
휴대폰 언저리에서 눈을 못 뗀다

암호처럼 현관 열쇠를 먹고 자라는 고무나무화분
스콜을, 그늘 밑 땀방울을 약속처럼 기억하고
언제부터 혼자서 먹기 시작했는지
잇몸 사이에 시디신 침이 고이기 시작하면
텃밭 거름뭉치 위에 껍질 같은 오늘을 홀떡 벗어던지고

슬리퍼를 끌며 마을길을 배회한다

내일은 내일의 해가 뜰 것이다

홈쇼핑

절박하다
지금 이 순간 놓치면
살아생전에 다시 기회가 올 것 같지 않다
저 번호를 지금 눌러야만
생글거리는 미녀 쇼호스트 그룹에 편승될 것 같다
자칫 기회를 놓쳐 번호를 누르지 않으면
행정구역 최말단 면. 리에 사는 시골 아지매로 낙오될 것 같다

택배요!
샤랄라하고 드레시하다는 원피스는
울룩불룩 깡통에 천 둘러놓은 것 같고
부츠컷이라던 나팔바지는
바닥 청소기 돌릴 필요 없고
양 볼이 뽀사시 피어난다던 콤팩트는
볕에 그을린 얼굴에 치타가 따로 없고
24개월 할부로 산 명품백은
부산 깡통시장에서 산 짝퉁과 똑같아 보인다

저 하트 뿅뿅 날리며 좋다고 찬사 보내는 댓글은

짜고 치는 고스톱인가

여행 준비를 한다
왜 아메리카대륙 국가번호는 1번으로 해야 하는가
우리나라 고유번호 +82
아시아가 1번이면 안 되는 이유를 100만 개 얘기해봐
+259는 잔지바르에 할당되었으나
1964년 4월 탕가니카와 통일로 탄자니아가 되면서 +255를 사용한다
우리가 모르는 사이 세계는 열강을 위한 역사를 쓰고 있다

오늘 지금 저 번호를 눌러야 숨통이 트이지만
내일은 반품이다

색맹色盲 + 색약色弱

보이는 대로 그릴 수 없다는 것
보이는 대로 쓸 수 없다는 것

초록에서 초록을 찾아야 한다

배추 잎에서 배추벌레를 찾는다든지
잔디 속에서 같은 꼴을 하고 있는 쇠뜨기를 골라낸다든지
잡초에서 방아깨비를 찾는다든지
무화과나무 줄기에서 사마귀를 찾는다든지
편 갈라 줄을 세워야 한다
초록 신호등에서 차들은 가지만
반대편 신호등에서 사람은 멈춰야 하고
직진으로 그에게 다가가면
비로소 멈춰야 하는 한 사람이 보이기 시작한다

풀빛과 녹색의 경계는 어디쯤일까
쪽에서 나온 푸른 색과
쪽보다 더 푸른 색은 어떤 차이로 비춰질까
천천히 이완시킨다 나를
녹시율綠視率

보이는 대로 그릴 수 있다는 것
보이는 대로 쓸 수 있다는 것

■ 해설

현실과 꿈의 경계, 그 배롱나무 꽃그늘

우대식/ 시인

박정선 시인의 첫 시집『쥐며느리』는 전통 서정에 그 맥락을 대고 자신의 내면과 혈육, 그리고 주변의 인간사에 대해 차분한 듯하면서도 강직한 태도로 세계를 그리고 있다. 무엇보다도 시에 대한 파토스적 열정은 시집 전체를 끌어가는 하나의 동력으로 여겨졌다. 시적 성취면에서 울퉁불퉁한 측면이 있으나 첫 시집다운 기백이 서려 있었다. 이것은 곧 세계와 대결하는 자아의 태도를 의미하는 것으로 더 첨예한 문제 제기를 보여줄 가능성이 있음을 뜻하는 것이기도 하다.

어머니와 아버지에 대한 정서는 누구에게나 자별한 그 무엇일 터이지만 박정선이 그린 어머니에 대한 초상은 원초적이거나 피상적인 것이 아니라 구체적인 국면을 통해 형상화되어 있다. 그것은 어떤 사물이나 대상을 통한 정서의 촉발이라는 점에서 미적 감지라 할 수 있는데 이럴 경우

언어의 관념적 의미를 넘어 더 생생한 이미지를 독자에게 제공하는 것이다.

시렁 위 차곡차곡 포개진 스텐다라이
시댁에서 제금날 때
고무다라이가 웬 말이냐 고운 새 살림
똬리 없이 이고 오시던 모습
때가 끼면 수세미로 박박 문질러
새것처럼 쓰라던 친정엄마

삼십여 년 따라다니며

떡쌀 불리고
김치 버무리고
인간사도 주무르고
모두 안은 엄마표 스텐다라이

패대기쳐 버리고 싶던 순간순간들
섬광 속에 찍힌 사진처럼
가슴 깊이 인화되어 움직이지 않던 한마디
이 또한 지나가리라

그래
다라이에 비친 얼굴
거울 되어 반짝 불이 켜진다

너는 누구냐?

—「엄마표 스텐다라이」 전문

스텐이라는 물건이 오늘날에는 흔하디흔한 물건이지만 오래 전에는 제법 값나가는 귀한 물건이었을 것이다. 시댁에 살다가 새로 살림을 날 때 엄마가 "똬리 없이" 머리에 이고 온 스텐다라이 세트는 어머니의 사랑을 그대로 대변하는 사물이라는 점은 새삼 다시 말할 필요가 없을 터이다. "때가 끼면 수세미로 박박 문질러" 사용하라던 스텐다라이의 사용법은 알레고리로 보자면 인생 사용법에 가깝다고 할 수 있다. 즉 삶의 숱한 여정 속에서 낡고 오염된 가치와 사물들을 잘 닦아 새 것처럼 쓰라는 엄마의 말씀은 인생의 지침서 역할을 하는 것이다.

그러나 더 큰 의미는 시적 화자의 인생이 스텐다라이에 오롯이 담겨 있다는 사실이다. "엄마표"라는 딱지는 인고의 세월을 견디어온 동반자로서의 의미를 더하고 있다. 스텐다라이는 더 이상 평범한 물건이 아니라 엄마를 상징하고 위안을 주는 교감의 사물인 것이다. 거울 같은 "다라이에 비친 얼굴"을 보며 "너는 누구냐?"고 묻는 장면은 두 영상이 겹쳐져 있다. 세월을 뚫고 온 시적 화자와 어머니의 옛날 모습이 그것인데 어쩌면 그 영상은 동일한 형상을 하고 있을지도 모른다. 엄마에 대한 분명한 속내를 드러내는 것이 아래의 시다.

해마다 봄이 되면 난 딸기앓이를 한다

엄마 얘기를 하려니 가슴이 먹먹하여 너하고 통화하려고
엄마?! 무슨 얘기?
응 딸기
딸기가 왜?
결혼을 해서 풍남동 시댁에 살고 있는데
봄날 해질녘에 초인종 소리가 나는 거야
그날 따라 막내시누이가 대문에 나갔다오더니
커다란 박스를 들고 오며
새언니 엄마가 딸기를 주고 가셨다고
보고 싶은 엄마
그냥 뛰어나갔더니
엄마는 뒤돌아보며 천천히 걷고 계신 거야
딸기 핑계로 딸 얼굴 한번 보려던 엄마 생각과 달리
사돈처녀가 딸기를 받아가니까 기운 빠지셨던 거지
달려나가 엄마를 부르는데 왜 눈물은 그렇게 쏟아지니
니가 울면 엄마 속상하다며
길가에서 엄마도 울고 나도 울고
왜 가까운 거리에 있는 친정에 다녀올 생각을 못했을까
그때 우리는 모두 그렇게 살았었어

—「딸기」 부분

이 시는 영화 같은 몇 개의 장면을 담고 있다. 봄날 저녁 딸을 찾아온 엄마의 손에는 딸기가 들려 있다. 장면 하나, 시댁에 사는 딸네 집을 방문해서도 차마 들어가지 못하고 서성이는 엄마. 장면 둘, 어렵게 초인종을 누르고 딸이 나오기를 고대하는 엄마. 장면 셋, 대문 앞에서 막내시누이에게 딸기를 전하며 돌아서는 엄마. 장면 넷, 아무렇지도 않게 그 이야기를 전하는 막내시누이. 장면 다섯, 밖으로 달려 나가는 시적 화자. 장면 여섯, 뒤돌아보고 천천히 걷는 엄마를 부르며 마주 잡고 우는 엄마와 시적 화자. "그때 우리는 모두 그렇게 살았었어"라는 시구는 당대 시집살이의 현실을 담고 있다.

딸기를 전하며 딸의 얼굴을 한번 보고 싶어하는 어머니의 욕망은 그 무엇과도 교환될 수 없는 순정을 담고 있다. 이 순정이야말로 부조리한 세계를 헤쳐나가는 동력이 되는 것이다. 지나간 시절은 늘 아쉽고 아픈 법이다. 한때의 아름답던 추억도 그러하거늘 엄마에 대한 저 아픈 기억은 영원히 사라지지 않고 시적 화자의 마음에 새겨져 있을 것이다. 어쩌면 우리는 늘 이렇게 말하며 살아가고 있는지도 모른다. "그때 우리는 모두 그렇게 살았었어".

그런 어머니의 노년은 섬과 같은 것이었다. "바다에 떠 있어야만 섬은 아니다/ 모두에게 둘러싸여도/ 말 한마디 건넬 수 없다면 나 홀로 섬"(「치자梔子, 그렇다고 치자」). "스텐다라이"를 머리에 이고 딸네 집에 오던 어머니, "딸기"를 사들고 딸네 집 앞을 서성이던 어머니는 말 한마디 건네지 못하는 섬이 되었다. 어머니에 대한 추억이 육친의 정으로서 최정점에 위치하는 까닭이 여기에 있는 것이다. 모든 것을 내주고 자신은 텅 비어버린 어머니. 반면 아버지에 대한 추억은 결이 조금은 다르다.

백열등 그림자 만들며 단정히 앉은 아버지
신문지를 자른다
네 귀퉁이 크기 맞추어 접은 종이
칼을 쓰윽 넣어 박자 맞추듯 쓱싹쓱싹
자른 종이 바닥에 탁탁 쳐서
송곳으로 동그라미 그리며 넓혀진 구멍
풀 먹인 철끈으로 꽉 묶는다

한 장씩만 쓰거라

변소간 벼랑빡에 걸려 있던
추억표 화장지
빤스에 묻어나던 검은색 활자들

—「신문지」 전문

어머니의 경우는 늘 사건은 배경이 되고 "엄마"는 전경에 드러나 있는 형국을 하고 있지만 아버지의 경우는 사건이 전경화되어 있고 아버지는 배경이 된다. 그것은 아버지의 형상이 객관화된 위치에 있다는 것을 뜻한다. 신문지를 잘라 화장지를 만드는 아버지의 모습은 개결한 그것이다. 이 시의 시선은 어린 날의 "추억표 화장지"에 초점이 맞추어져 있다. 거기에서 비롯되는 해학은 행복했던 어린 시절을 떠

올리게 한다. 아버지의 임종을 지키는 장면은 어머니의 병을 다룬 「치자梔子, 그렇다고 치자」와는 전혀 다른 위치에 있다.

베드로 발을 만지며
사랑했었을까
사랑했었겠지
사랑했을거야

—「베드로 언덕」 부분

아버지의 임종 세례명 "박 베드로"의 임종을 지키는 장면은 차분하기 짝이 없다. 사랑에 대한 저 세 가지 자세는 어떤 확신도 동반하지 않는다. 시 전체를 통해 보면 그것은 사랑의 문제라기보다는 어떤 신뢰성의 문제에 기초해 있다고 보인다. 앞에 보여준 아버지의 개결함에 대한 깊은 신뢰는 죽음조차도 비극의 정점으로서가 아니라 신의 섭리로 받아들이는 인상이 짙다. 어머니를 통해 떠올리는 안타까움의 정서와 아버지를 통해 떠올리는 안정된 정서는 잘 포개져서 균형을 잡고 있다는 인상을 준다. 거기에서 생활과 시의 두 추는 무리 없이 움직이고 있는 것이다.

박정선 시인의 시에 나타난 또 다른 특징 가운데 하나는 여항의 사람살이에 대한 날카로운 시선과 해학적 태도를 보여준다는 사실이다. 어떤 예술도 현실을 떠나서는 존재

할 수 없는 것이다. 현실을 어떻게 형상화하느냐 하는 문제는 예술적 기호의 문제를 넘어 존재의 가치를 어디에 두느냐의 문제와 직면하게 되는 것이다. 어쩌면 시라는 것도 현실과 꿈의 호환성으로 이해해도 괜찮지 않을까 싶다. 다른 말로 하면 경계가 될 터인데 박정선 시인의 시가 여항의 현실을 섬뜩하게, 더러는 해학적으로 다루고 있다는 사실은 현실과 꿈의 경계 즉 그 둘의 호환성에 뿌리를 드리우고 있다는 것을 보여준다.

비 내리는 십이리
모내기 마친 논에
빗물 넘실거리는 유월

대낮
팔뚝 문신 있는 사내는
숫돌에 회칼을 쓱쓱 문질러 날을 세운다

홍등 켠 어두침침한 점방
치마 걷어올려 허벅지 드러낸 계집
손바람 일렁이며 담배를 태운다

계집은 칼로 회 썰어줄 사내 필요하고
사내는 화류계 끝물 계집 돈주머니 필요하고
마늘 양파 수매 끝난 할배들
호들갑떤 환한 웃음으로 반겨줄 선술집이 필요하고

골 깊은 주름
까맣게 타들어간 농부 아내 가슴속에
하늘 뚫린 것처럼 장맛비 골을 이룬다

—「선술집」 전문

이 시의 배경은 십이리라고 하는 시골마을 선술집이다. 모내기를 마친 유월의 논은 생명력으로 가득 차 있을 법한데 시에 등장하는 인물들은 하나같이 일상을 살아가는 군상들이다. "숫돌에 회칼을 쓱쓱 문질러 날을 세"우는 사내와 "치마 걷어올려 허벅지 드러낸 계집"은 서로의 현실적 필요에 의해 만난 관계이다. 어쩌면 이 지점에 박정선 시인의 예리한 시선이 박혀 있을지도 모른다. 도덕적 당위성이나 관념적 사랑 같은 것은 찾아 볼 수 없다. 거기에 덧붙여 "마늘 양파 수매 끝난 할배들"의 등장은 여항에 살아가는 사람살이의 한 전형을 보여준다.

박정선 시인이 포착해낸 현실은 그럴듯한 그 무엇이 아니라 지금 이 땅을 살아가는 쪼잔한 사람들의 현실적인 모습인 것이다. 장맛비가 내리는 농촌 마을에 비를 걱정하는 아내와 그런 사정에 상관없이 수매한 돈을 들고 선술집을 찾는 "할배들"의 삶은 불균형의 그것으로 보이면서도 삶의 박동을 느끼게 해주는 면이 있다. 사내나 계집이나 할배나 농부의 아내나 모두 먹고 사는 일에 전력을 다하고 있을 뿐이다.

치매 앓는 할매 귀찮지 않냐며

요양병원 입원시키라는 남들 얘기
열여섯에 시집와서 고생고생 다 했는데
내 눈에 흙 들어가기 전에는
끝까지 수발한다 하는 의리 할배

할매에게 파리채 사온다고 휭 마트로 내지르더니
커피 배달 다녀오는 새끼마담
반갑게 손잡으며 초코파이 건네고 있다

—「섭이할배와 선이할매」 부분

이 시에 형상화된 "섭이할배"는 도덕적 시선으로 보자면 이중적인 태도의 모습으로 비추어질 것이다. 끝까지 할매를 수발하겠다는 의리의 할배 모습과 할매 몰래 새끼마담의 손을 잡으며 초코파이를 건네는 할배 모습의 이중성은 시를 읽으며 자연스럽게 지탄받을 그 무엇의 대상이 아니라는 것을 느끼게 된다. 일반화하기는 어렵지만 오히려 사랑 혹은 사람의 관계에 대해 진중하고 철학적 목소리를 담으려는 자들이 보여주는 이성적 사고야말로 이중적일 수 있다는 무언의 경고가 이 시의 행간에 서려 있다. 함께 살다가 때가 되면 서로에게 짐이 되지 않으려 요양원으로 보내지는 현대적 행태 역시 사람살이의 한 방식일 것이다.

그러나 그 끈을 끝까지 붙잡고 현실을 살아가며 꼼지락거리는 생명력을 보여주는 할배의 행위에서 어떤 심리적 위로를 받게 되는 것은 인간의 근본에 대한 믿음이 우리의 내면 어딘가에 도사리고 있다는 뜻이기도 하다. 이 여항에서 삶이 시인에게 어떠한 의미를 주느냐 하는 것은 이 시집의 제목이기도 한 시 「쥐며느리」에 잘 나타나 있다.

설거지 끝낸 명절날 아침
뽈뽈뽈 기어들어온 한 마리 쥐며느리
이가네 며느리와 쥐며느리가 허리쉼하다 만난 화장실
너는 누굴 피해 여기까지 왔느냐
어째 신세가 너랑 나랑 이렇게 같을꼬?

너도 낀세대냐
안쓰럽다 납작한 게 위아래 눌리어
부모에게는 효도해야 되고
자식에게는 베풀어야 하는 우리를
낀세대라고 한다 사람들은

시집 온 지 사십 년 다 되어도
개인주의 강한 70년대 동서들에게 밀리고
일 서툰 80년대 지영이들은 설거지에 관심도 없고
쭉 해왔던 대로 우리는
고무장갑 장착하여 일 속에서 벗어나기 힘들지

같은 성끼리 모여앉아 술상 앞에 앉으니
각성받이 사촌동서들까지 모여앉아
큰집 동서는 시금치도 안 먹는다고

시래기도 안 삶는다는 작은집 동서

그러함에도 나는 왜 시를 쓴다고 낑낑대고 있을까?

—「쥐며느리」 전문

이 시는 현실 속에서 자신은 무엇인가의 문제를 거쳐 시인으로서의 자의식이 드러나 있다. "설거지 끝낸 명절날 아침/ 뽈뽈뽈 기어들어온 한 마리 쥐며느리"와 시적 화자의 동일화에서 현실의 부당함이 고발된다. "명절날"이 여성에게 주는 부정적 상징성은 이미 하나의 사회적 현상으로 다양한 매체를 통해 낱낱이 고발된 바 있다. 그러나 이 시의 화자가 겪는 부당함의 기원은 단지 남성의 폭력적 사고를 넘어 동성同性의 무관심과 약삭빠름이 동반되어 있다.

"뽈뽈뽈 기어들어온 한 마리 쥐며느리"의 형상을 자신의 처지에 빗대어놓은 부분은 해학적이면서도 슬픈 정서를 동반한다. 특히 "뽈뽈뽈"이라는 의태어는 저간의 상황을 구태여 설명할 필요 없이 시적 화자의 상태를 감각으로 인지하게 해주는 측면이 있다. 물에 젖은 듯, 눈치를 보며 기어들어온 쥐며느리를 보는 화자의 시선은 연민의 그것이다. 미물과의 동일시는 예를 들어 조선의 내방가사에서 더러 볼 수 있는데 대개 내방가사의 경우는 남녀 간의 사랑이 전제되어 있다면 이 시는 더 현실적인 문제를 다루고 있다는 특징을 보여준다.

"낀세대"로서 현실의 부당함을 받아들이는 자신의 처지를 "쥐며느리"와 동일시하는 이 시의 문제적 발언은 마지막

행에 있다. "각성받이 사촌동서들까지 모여앉아/ 큰집 동서는 시금치도 안 먹는다고/ 시래기도 안 삶는다는 작은집 동서/ 그러함에도 나는 왜 시를 쓴다고 낑낑대고 있을까?" 라는 물음에서는 현실과 이상의 착종현상을 보여준다. 나는 누구인가 하는 현실의 문제가 나는 왜 시를 쓰고 있는가 하는 이상 혹은 꿈의 문제로 치환될 때 시적 화자는 현실과 꿈의 경계에 서게 된다.

현실을 꿈으로 그 꿈을 다시 현실로 치환해내는 능력이야말로 시인에게 주어진 특별한 재능이다. 시인으로서의 자의식은 현실을 감내하면서도 시선을 더 먼 곳으로 펼치는 심리적 기제로 작동하게 하는 것이다.

다 내려놓고 와야 해
내 꽃그늘을 지날 때면
지난 날의 사랑이나 미움도 버리고

그래도 상처받은 가슴이 덜 아물어 피 흘리면
내 붉은 꽃잎을 찧어서 붙이고 오렴
딱지가 떨어질 때면 상처도 다 나았을 거야

기쁜 나들이 가듯이
아는 모든 이에게 두루두루 인사 나누고 건너와
지금 이 자리에서 언제나 같은 모습으로 너를 안을게

그대 한 사람이 웃고

모든 이가 슬픔에 겨워 배웅하는

이승과 저승 사이 배롱나무 꽃그늘

—「배롱나무」 전문

앞에 말한 시적 자의식은 「배롱나무」와 같은 시에 이르면 더 융숭한 생의 기원을 드러내고 있다. 이 시는 3연까지는 배롱나무의 시점으로 시가 형상화되었다면 4연은 시적 화자의 시점으로 형상화되어 있다. 시점의 다양한 변화는 세계를 바라보는 더 폭넓은 시야를 확보해준다. 나아가 배롱나무와 시적 화자의 동일시 그리고 배롱나무의 응시라는 두 시점의 조화를 통해 풍성한 세계 인식을 드러내준다.

"다 내려놓고 와야 해/ 내 꽃그늘을 지날 때면/ 지난 날의 사랑이나 미움도 버리고"라는 화자로서 배롱나무의 제안은 시적 화자 스스로의 다짐을 뜻하는 것이다. 이 관조적 세계로의 진입이 지니는 참된 가치는 파란만장한 현실을 뚫고 나왔다는 사실이다. 「쥐며느리」 같은 현실을 기어와서 도달한 세계이기에 육성으로서 울림을 줄 수 있는 것이다.

2연의 자기희생적 태도 역시 관념으로서의 그것이 아니라 풍진에서 걷어올린 넉넉한 마음에서 비롯되는 것이기에 독자에게 속 깊은 위안을 선사하게 된다. "지금 이 자리에서 언제나 같은 모습으로 너를 안"겠다는 의지는 현실을 꿈으로 치환해낸 시적 국면을 적나라하게 보여준다. "이승과 저승 사이 배롱나무 꽃그늘"이 주는 이미지는 삶과 죽음이

겹쳐진 황홀한 정경을 연상시킨다. 시가 종교적 지경으로 나아가는 한 기미를 보게 된다. 박정선 시인이 지향하는 시 세계는 자신이 인식했을지 모르겠지만 바로 이 "사이"에 있다. 핍진한 현실과 현실의 펄밭을 뚫고 나온 꿈의 세계 사이에 핀 꽃, 즉 "배롱나무 꽃그늘"인 것이다.

박정선 시인의 시를 읽으며 현실을 감내하는 붉은 마음과 꿈을 향해 나가고자 하는 의지를 느꼈다. 그것은 시인으로서의 자의식이 현실과 꿈 사이의 지점에서 발화된 불꽃과 같은 것으로 박정선 시인의 시적 동력이라 할 것이다. 박정선의 시인의 시에 나타난 또 다른 특징은 시가 단순히 아름다운 무엇을 그려낸다는 의식으로부터 거리가 멀다는 사실이다. 진흙의 세상을 뚫고 나오는 힘 있는 시가 가능하다는 이야기이다. 더 먼 여행이 가능하다는 이야기이다.

현대시세계 시인선 113

쥐며느리

지은이_ 박정선
펴낸이_ 조현석
기　획_ 고영, 박후기
펴낸곳_ 북인
디자인_ 푸른영토

1판 1쇄_ 2020년 05월 10일
출판등록번호_ 313 - 2004 - 000111
주소_ 121 - 842 서울 마포구 서교동 467 - 4, 301호
전화_ 02 - 323 - 7767
팩스_ 02 - 323 - 7845

ISBN 979-11-6512-113-6　03810

이 도서의 국립중앙도서관 출판예정도서목록(CIP)은 서지정보유통지원시스템 홈페이지(http://seoji.nl.go.kr)와 국가자료종합목록시스템(http://www.nl.go.kr/kolisnet)에서 이용하실 수 있습니다. (CIP제어번호 : CIP2020015417)

책값은 뒤표지에 있습니다.
저자와 협의 아래 인지를 생략합니다.